I0551171

KARIOT

PAR

Constant GUIMARD.

NANTES

Chez M. MAZEAU, libraire, rue saint-pierre,

M. LIBAROS, libraire, carrefour casserie.

—

RENNES

Chez M. FOUGERAY, libraire, rue aux foulons.

—

1877

OUVRAGES DU MÊME AUTEUR :

Les Réflexions d'un jeune Catholique, ouvrage honoré d'un Bref du Saint-Père.

Le Baron d'Astriez.

Traité de Style Épistolaire.

Les Fortifications de Paris et les Armes nouvelles.

Les Ballons incendiaires et la Révolution.

Les Flottes et les nouveaux Engins de guerre.

Le Parlementarisme et la Stratégie nouvelle.

Le Suffrage universel et le Drapeau.

Un Coup d'Œil sur la Situation.

Les prochaines Elections.

La Construction des nouveaux Camps fortifiés.

POUR PARAITRE PROCHAINEMENT :

Les Préoccupations de l'intelligence.

Nantes, imprimerie Bourgeois, rue Saint-Clément, 57.

XARIOT

NANTES, IMP. BOURGEOIS, RUE SAINT-CLÉMENT, 57.

XARIOT

PAR

Constant GUIMARD.

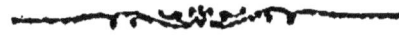

NANTES

Chez M. MAZEAU, libraire, rue Saint-Pierre,

M. LIBAROS, libraire, carrefour casserie.

—

RENNES

Chez M. FOUGERAY, libraire, rue aux Foulons.

1877

LETTRE

A LA BOURGEOISIE VOLTAIRIENNE.

— ◦ —

MESSIEURS LES BOURGEOIS,

Nous venons de traverser la période d'un siècle, pendant laquelle votre esprit voltairien a exercé une influence énorme sur les destinées de notre pays, que vos funestes doctrines ont jeté dans le désarroi le plus complet. On vous considère généralement comme d'excellents patriotes, mettant l'intérêt matériel au-dessus de tout autre; ce qui n'empêche pas que vos bonnes intentions, pleines d'habiletés, n'ont eu pour résultat final que de nous précipiter dans un abîme de malheurs. Le rêve dont vous n'avez cessé de poursuivre la réalisation a causé dans le public une sorte d'éblouissement intellectuel. Il a malheureusement imprimé à l'opinion publique une déviation qui a eu les plus désastreuses conséquences. La plupart des catholiques que vous comptez dans vos rangs ont joué le rôle de dupes, en prenant au sérieux cette chimère qui consistait à vouloir acclimater parmi nous un système d'ordre moral et politique, en faisant complétement abstraction de l'élément divin dans la vie sociale. Tout votre libéralisme tant vanté consistait, en matière de Religion, à reconnaître à l'individu le droit de croire et de mettre en pratique, dans certaines limites, ce que *à priori* vous déclariez incompatible avec cet ensemble de choses, plus ou moins imaginaires, que vous avez nommé le *progrès*.

Un gouvernement qui agit comme si personne ne croyait à rien, mais qui laisse à chacun la liberté d'un culte quelconque : voilà, Messieurs, ce que vos sages considèrent comme devant être l'idéal poursuivi par la philosophie moderne. Or, par une conséquence facile à prévoir, il est arrivé que le peuple qui raisonne aussi à sa manière, a conclu que si le surnaturel avec ses obligations imprescriptibles pouvait être banni de l'Etat, les diverses réglementations sociales n'avaient plus de raison d'être à titre de lois ; puisque par le seul fait de cette négation d'une autorité divine s'imposant aux gouvernants, comme aux particuliers, l'individu est déclaré indépendant de tout ce qui n'est pas rendu obligatoire par la force. C'est l'homme animal retournant à l'état sauvage, faute de l'élément nécessaire au mode d'agrégation qui fait partie intégrante de notre existence ici-bas ; mais le populaire ainsi matérialisé a des instincts féroces ; c'est pourquoi il a cherché à leur donner satisfaction en inaugurant cette forme brutale de gouvernement qu'on appelle la *Commune*. Ça fait peur, n'est-ce pas, Messieurs ?.... Mais enfin, puisque les communards croyaient pouvoir arriver au bien-être par ce moyen-là, qu'avez-vous à leur objecter ?... Vous leur avez dit, Messieurs, que le *paradis* est le nom donné à la plus grande somme possible de nos plaisirs sur la terre ; dès lors on devait s'attendre à les voir, un jour ou l'autre, chercher ce *paradis* du *progrès*. Leur infernale entreprise a échoué, parce que la France ne s'est pas encore trouvée suffisamment pervertie ; mais cet insuccès ne prouve nul-

lement qu'ils aient été inconséquents. C'est vous autres,
au contraire, qui l'êtes, puisque vous enseignez une
théorie que vous ne voudriez pas voir mettre en pratique.
Cette terrible solution donnée à votre sophistique nous a
coûté bien cher; mais au moins elle procure l'inappréciable avantage de rendre toute illusion impossible en présence du gouffre béant que vous ne paraissiez pas même
soupçonner. Vous prétendiez, Messieurs, n'avoir pas le
temps, autrefois, de vous occuper de ces sortes de questions, mais la sentinelle radicale, qui vous a brutalement
arrêtés au passage sur la route du plaisir, vous a fait comprendre que si la liberté de posséder et de jouir vous
paraît très-agréable, les maltraités de la fortune auxquels
vous avez fait accroire qu'il n'y a plus rien à espérer
après la mort, ne sauraient être blâmés par vous de s'être
accordé la permission de tenter une expérience qu'ils
croyaient devoir leur procurer le bonheur, que vos sarcasmes empêchaient de chercher au Ciel, où vous paraissiez n'avoir vous-mêmes nul souci d'aller prendre place,
lorsque la torche incendiaire est venue vous donner une
représentation saisissante de ce qui se passe chez le diable. Tâchez donc, au moins, Messieurs, de profiter aujourd'hui de cette étrange leçon de physique expérimentale,
qui a transporté dans le domaine des faits la célèbre
profession de foi libérale du franc-maçon Jules Simon,
n° 606 : « Partisan absolu de la liberté absolue. »

Un enfant du Peuple,
CONSTANT GUIMARD.

PRÉFACE.

Pendant une nuit d'été où j'étais occupé à com-
poser un de mes ouvrages, j'ouvris la fenêtre de
ma chambre pour respirer l'air frais, afin de com-
battre l'envie de dormir qui commençait à se faire
sentir.

Il n'était guère alors que deux heures du matin.

Le temps était très-beau. Pas un nuage n'obs-
curcissait le scintillement des étoiles.

Le calme qui régnait aux environs n'était inter-
rompu que par le champ monotone d'un garçon
de ferme, qui revenait des champs où il avait
couché dans une sorte de guérite. Ce conscrit de
l'année, que je reconnus au son de la voix,
voulait probablement profiter de la fraîcheur pour
aller encore chercher une charretée de marne à
six au sept kilomètres. Il remmenait ses chevaux
à peine délassés des fatigues de la veille, et s'en
allait paisiblement prendre « un morceau » avant
de partir pour la grève.

C'était bien peu de chose que ce petit incident

de la vie rustique, et néanmoins il me causa une vive émotion.

Ce véritable enfant du peuple n'avait pas dû pouvoir se coucher avant dix heures du soir, et cependant il devançait ainsi le jour pour aller au travail sans faire entendre la moindre plainte. On aurait dit un militaire supportant sans murmure les fatigues de la guerre; car la résignation est la même pour le paysan qui ne fait que changer de camp en devenant soldat; puisque, de l'aurore au soir de la vie, l'existence de nos bons campagnards n'est qu'un long dévouement à la patrie. Ces braves gens sont des héros dans toute la force du mot, et ils ne sont pas moins admirables au milieu de leurs pénibles travaux du village que sous les drapeaux. Une frugale nourriture, un habit de peu de valeur, une modeste habitation, des accidents nombreux et parfois une mort violente : voilà le patrimoine ordinaire de la plupart d'entre eux; et néanmoins, en restant chrétiens, ils sont encore réellement bien plus heureux que ces clubistes, fainéants ouvriers de la ville, qui ne savent que se plaindre, quoique le salaire et les heures de travail soient tarifés pour eux dans des proportions qui seraient capables de faire mettre tous les villageois en grève, si l'esprit révolutionnaire, en fai-

sant invasion dans les campagnes, venait à vulga-
riser l'habitude de faire abstraction de ses *devoirs*
pour revendiquer ses *droits*, à l'instar du travail-
veur citadin qui revient d'un banquet démocrati-
que. Car enfin le paysan supporte les plus lourdes
charges, et ne fait que s'imposer de nouveaux
sacrifices au profit de l'Etat, même lorsqu'il prend
sa petite part du plaisir qui est sa propriété par
droit de nature, et que ne peut lui ravir le riche
qui bien souvent ne sait qu'abuser. Il naît, tra-
vaille, jouit, souffre et meurt pour la patrie, et il
arrive quelquefois au tiers ou à la moitié de sa vie
avant d'avoir pu se procurer le nécessaire à son
établissement ; attendu qu'une seule mauvaise
année suffit, dans maintes circonstances, pour
enlever à la ferme les espérances qu'on fondait sur
les bénéfices destinés à lever ménage. L'âge
avance, et alors les plus séduisants des rêves de la
jeunesse s'évanouissent pour toujours, faute des
modiques ressources nécessaires au foyer domesti-
que. C'est ainsi que le moindre accident de fortune peut avoir des conséquences irréparables pour
ces honnêtes populations rurales auxquelles l'argent coûte tant à gagner, et qu'on voudrait encore
sacrifier aux mille exigences de ces messieurs
ouvriers de la ville, qui parlent et agissent comme

s'il n'y avait qu'eux seuls au monde dont le sort laisse à désirer, voulant tout ramener à leur honneur et profit en criant contre l'injustice de l'inégalité des conditions.

Je ne veux certainement pas chercher à dissimuler ici ce qu'il y a de pénible à voir dans un état de choses, qui fait que tant de pauvres honnêtes et même laborieux souffrent et meurent par manque du nécessaire ; tandis que d'autres se nuisent et souvent se tuent par l'excès du superflu ; mais cet inconvénient, qui peut être un crime, est encore moins à redouter que ce stupide nivellement qui aurait immanquablement pour résultat de généraliser l'inconvénient d'exception, au point de rendre tout le monde également misérable, en faisant disparaître les distinctions sociales qui sont un stimulant absolument indispensable.

XARIOT.

——◆——

CHAPITRE Iᵉʳ.

LA SALLE LITTÉRAIRE.

Un certain nombre d'hommes instruits avaient réussi à se procurer les agréments d'une salle littéraire ; ce qui était pour eux une source de plaisirs, car la science fait les délices de quiconque a de l'attrait pour l'étude. Ils aimaient à s'y réunir pour se délasser de leurs travaux et conférer ensemble ; sachant bien qu'une heure de ces entretiens permet souvent de résoudre plus de difficultés qu'on ne le ferait en parcourant de gros in-folio, attendu que chacun a sa spécialité. Il y a tant de choses à savoir que les plus érudits se trouvent arrêtés à chaque instant dans leurs laborieuses investigations ; mais heureusement la mémoire du savant est une bibliothèque vivante, et si divine-

ment organisée que les ouvrages qui s'y trouvent
rassemblés s'ouvrent pour ainsi dire d'eux-mêmes ;
d'où il suit qu'on peut, en quelque sorte, y consulter
ses auteurs sans avoir la peine de se déplacer ;
ce qui fait qu'il est très-avantageux de pouvoir con-
centrer, de cette manière, toutes les lumières par-
ticulières sur les points obscurs qu'on se propose
d'éclaircir ; puisque par le moyen de ces foyers
lumineux, chacun peut utiliser le savoir des autres
qu'il paye en retour de la dose de connaissance qui
est sa propriété. Chacun y met du sien et tout le
monde en profite.

L'assemblée des savants est une société où l'on
ne se prête qu'à gros intérêts.

C'est une banque où personne ne se ruine. Tout
le monde s'y enrichit, sans préjudice pour qui que
ce soit. Ces sortes de spéculateurs sont des capita-
listes dont les fonds intellectuels rapportent souvent plus de mille pour cent !

Les savants n'éprouvent que du dégoût pour
tout ce qui n'est pas la science. Ils mettent leur
bonheur à s'occuper de ce qui peut leur être un
sujet d'étude, et emploient toutes sortes de moyens
pour élargir le cercle de leurs connaissances ; mais
ce genre de passion communique une répugnance
invincible pour le bavardage bureaucratique. Or,

Il arriva, par malheur, qu'une bande d'employés vint envahir cette délicieuse oasis.

Les hommes sérieux qui s'y trouvaient furent alors contraints de se retirer, faute de moyen pour écarter ce fléau. Ils ne purent supporter la compagnie de ces évaporés qui venaient lancer des fadaises au milieu des plus graves discussions. Ils s'en allèrent donc et laissèrent libre carrière aux hâbleries de ce ramas de gens qui ne venaient là que pour tuer le temps.

La salle littéraire changea aussitôt d'aspect. La science y fut remplacée par le verbiage du journalisme. Le bavardage du commis y tint la place des doctes dissertations. On n'y entendit bientôt plus que les niaiseries du boulevard. Ce langage était un amalgame de toutes les incohérences de la journée, où se trouvaient parfois les plus étranges bouffonneries. Ce bruyant amphigouri ressemblait assez aux nuages de fumée qui se dégageaient des cigares. C'étaient des explosions de ricanements avec claquements de mains, et des roulements de doigts sur les vitres qu'on battait en guise de tambours. Plusieurs chantaient et sifflaient pendant que d'autres regardaient par les fenêtres en fredonnant quelques airs, ou faisaient de la politique en s'étalant sur les fauteuils.

Le véritable but de ces utiles réunions fut donc ainsi faussé, comme dans les assemblées délibérantes transformées en clubs où le bon sens et le patriotisme se trouvent condamnés au silence, par l'impossibilité de se faire entendre, et où les meilleures raisons mêmes ne peuvent échapper à ce genre d'ostracisme qui est une sorte de couperet parlementaire, fonctionnant au profit du radicalisme écrasant le droit sous le poids de l'imbécilité canaille de ces espèces de brutes qui interrompent systématiquement les plus sages observations par cette bruyante exclamation: « Aux voix! aux voix!! »

Ces réunions donnèrent bientôt lieu à des scènes qui devinrent intolérables.

Les autorités ouvrirent enfin les yeux !

On fit une enquête et l'entrée de ce lieu de désordre fut interdite; les intéressés en devinrent furieux. Ils se rassemblèrent tumultueusement le lendemain, et demandèrent, au nom de la liberté, la réouverture de la salle en vociférant les plus grossières injures; mais le Maire se présenta au balcon et déclara sèchement que l'arrêté serait ponctuellement exécuté.

Cette réponse fut accueillie par un effroyable hourra : A bas le despote ! A bas le rétrograde !!... A bas !... A bas le tyran !!!...

Ces explosions de voix furent accompagnées d'une détonation de pistolet.

Le coup avait été tiré par un carabin des plus exaltés.

Cet acte d'étourderie n'était qu'une bravade comme on en voit souvent aux jours de barricades. On s'était proposé d'intimider le maire ; mais il se montra inflexible. La gendarmerie et les commissaires de police arrivèrent en toute hâte, et dissipèrent cet attroupement séditieux dont les principaux fauteurs furent immédiatement saisis et conduits en prison. Plusieurs autres employés perdirent leurs emplois, qui étaient des places gouvernementales. Un certain nombre de commis furent également congédiés par leurs patrons. Presque tous eurent lieu de maudire ce coup de tête qui brisait leur avenir. La plupart de ces tapageurs se virent contraints d'aller chercher fortune ailleurs pour échapper à la misère, et cette petite révolution se termina par des escarmouches de pure fanfaronnade qui décélaient la peur et le dépit.

Le maire se voyait vilipendé dans de longues lettres anonymes. On lui en adressait qui contenaient des menaces terribles et où il se trouvait représenté recevant une balle dans le crâne. D'autres ne contenaient que deux ou trois mots placés au-dessous d'un homme assassiné. Il en vint une aussi où l'on avait dessiné un cœur traversé par un poignard qui portait, sur le manche, une inscription féroce dont l'auteur était un clerc de notaire. Ce petit scélérat passa en Italie d'où il vient de se sauver en Egypte, après avoir volé un *signor* qui l'avait reçu dans sa villa en qualité d'interprète.

Chacun fila ainsi de son bord, et la cité rentrait déjà dans le calme, lorsqu'on apprit l'arrivée de Vincent Xariot, qui était l'un des habitués de la salle littéraire.

CHAPITRE II.

LE SPECTACLE DE L'OCÉAN.

Vincent Xariot était un riche bourgeois qui n'avait pas d'autre occupation sérieuse que de dépenser ses rentes le plus joyeusement possible.

Il n'était encore âgé que de six ans lorsque sa mère mourut, et la mort de son père arriva onze ans plus tard, de sorte qu'il se trouva de bonne heure libre de donner satisfaction à ses goûts pour le jeu, et les divertissements bruyants qui étaient devenus une nécessité pour cette nature tapageuse.

Ce curieux personnage était toujours l'un des premiers quand il s'agissait de faire quelque fredaine ; c'est pourquoi il n'aurait pas manqué de se faire coffrer comme ses camarades de la salle littéraire, s'il n'avait eu le bonheur d'être absent lors de cette échauffourée qui convenait si bien à son tempérament boxeur.

Le séjour de cette ville où il n'avait plus d'amis, lui devint bientôt tellement insupportable qu'il s'empressa d'aller habiter une maison de campagne située sur la côte.

Ce jeune homme turbulent ne tarda pas à subir les influences de sa nouvelle situation. Il ne fut bientôt plus reconnaissable. Ce n'était plus ce rigoleur qui ne cherchait qu'à s'étourdir au milieu de l'agitation des plaisirs. Il se mit à réfléchir et finit par devenir un homme sérieux.

Vincent s'était trouvé tout à coup en présence d'un des plus grands spectacles qu'il soit donné à l'homme de contempler ici-bas. C'était l'Océan qu'il n'avait encore jamais vu. Cette vue le jeta dans une espèce de délire. Elle lui causa ce mélange inexprimable d'admiration et de frayeur, qu'éprouvent tous ceux qui ont été élevés au milieu des terres et qui découvrent la mer pour la première fois.

Là se trouvait au plus haut degré le prestige de la nouveauté, avec ces impressions ineffaçables qui subjuguent par le merveilleux du grandiose.

Il ne put échapper à l'effet magique de ces fortes émotions qui s'emparent de nous en présence des majestueuses scènes de la nature.

Il aurait voulu pouvoir tout contempler à la fois, et saisir tous ces bruissements de la plage, qui se fondaient en une immense et sublime harmonie, ressemblant à celle des grandes orgues. Ses regards planaient sur la vaste étendue des eaux, en suivant les diverses ondulations de la vague écumante qui allait et venait se briser sur les grèves tapissées de varech. Ils parcouraient les mille sinuosités du rivage et se reportaient ensuite vers cet horizon lointain qui semblait être les bornes du monde. Tout l'intéressait et le jetait comme hors de lui-même. Il n'y avait pas jusqu'à l'humble cactus de la falaise qui ne lui dît au cœur quelques-unes de ces choses dont on aime tant à se rappeler le souvenir.

Un rien l'impressionnait sur ces rives où l'air lui-même est imprégné d'émanations fortifiantes qu'on ne connaît point ailleurs.

Xariot oublia bien vite les fêtes et toutes ces réunions de la ville, auxquelles il était habitué. Il avait beaucoup de temps libre et pourtant ses loisirs ne l'ennuyaient plus, parce que le travail intellectuel leur communiquait un charme indicible. Ce philosophe improvisé ne sortait qu'en compagnie de ces grandes pensées avec lesquelles il est si doux d'avoir à s'entretenir. Son promontoire lui était

devenu cher à cause même de sa grande solitude.
Notre rêveur trouvait mille attraits dans l'âpreté
de ces lieux déserts ; car l'aridité peut avoir aussi
sa poésie, et rien ne plaît tant que ce calme de l'iso-
lement à une âme qui aime à s'entretenir avec elle-
même. Il se plaisait à errer sur les falaises, pour
jouir de l'aspect mélancolique de cette nature sauvage, où se faisaient entendre, à de longs inter-
valles, les cris rauques ou perçants de l'oiseau de
mer planant sur les eaux, ou s'y précipitant pour
saisir une proie.

L'œil y découvrait quelquefois d'énormes pois-
sons bondissants, ou des monstres marins égarés
dans ces parages ; mais il n'apercevait ordinaire-
ment que des oiseaux dont la présence augmente
encore la monotonie de ces lieux agrestes. Ces an-
tiques habitants des rochers semblent être aussi
vieux que les baies qu'ils fréquentent. C'est le
corbeau qui fait entendre son croassement pro-
longé de la cime d'un pic noirci par les siècles.
Ce sont des groupes de goëlans qu'on voit tournoyer
parmi des écueils, ou au-dessus des crêtes sourcil-
leuses de l'escarpement dont les cavernes reten-
tissent, parfois, de leurs criailleries se mêlant au
bruit sourd de la vague qui s'engouffre en déferlant.
C'est aussi la mouette qui court entre les rides que

le flot a laissés sur le sable; ou bien encore un héron silencieux qui apparaît entre des monceaux de plantes marines que le flux a entassés çà et là.

Xariot était parti un jour pour une longue promenade philosophico-sentimentale, lorsqu'éclata une de ces furieuses tempêtes qui bouleversent l'Océan.

Il fut averti du danger par les cris sinistres de la corneille marchant à pas lents sur le gravier, et encore par d'autres signes précurseurs de l'orage.

Le promeneur s'en revint précipitamment, tout en observant les taches cuivrées qui se peignaient sur les flots. Il faisait fuir devant lui des escadrons de mauviettes qui allaient se réfugier au milieu de ces herbes chétives qui croissent péniblement sur un sable mouvant. Il circuitait prestement entre des blocs de granit, rongés par les eaux et laissés à sec par le retrait de la marée.

Il marchait souvent aussi et avec peine sur un sol couvert de goëmon ou jonché de coquillages.

La pluie commençait à tomber quand notre touriste rentra au logis; mais il était près de dix heures du soir lorsque la tempête se déchaîna. Le vent devint tellement fort, qu'on aurait pu croire que la maison allait être emportée. Des nuages sombres et lourds que la tourmente déchi-

rait et balayait semblaient s'abaisser sur les flots.
D'effroyables avalanches d'eau s'en écroulaient.

Le spectacle qu'offraient alors le ciel et l'abîme
était à donner la vertige ; car bien que la nuit eût
atteint son obscurité la plus complète, et que l'ouragan grondât avec fureur, les éclats du tonnerre
dominaient encore les hurlements de la tempête, et
la foudre, en déchirant cette atmosphère opaque,
répandait au hasard une clarté livide, comme la
torche d'une furie en proie au délire et courant à
l'aventure au milieu des ténèbres.

La mer était zébrée de longs sillons blanchâtres
qui offraient l'image d'un immense suaire agité par
le vent, et dont chaque rafale déchirait des lam-
beaux. Un navire, dont le grand mât venait
d'être frappé de la foudre, parut sur cette écume
bondissante, au milieu de laquelle il semblait se
débattre, comme dans les plis d'un vaste linceul
dont chaque fragment, violemment arraché, s'éle-
vait dans les airs en se tordant sous l'action d'un
vent impétueux, qui en rabattait ensuite les débris,
pour les ressaisir de nouveau avec des morceaux
de cordages et le restant de la voilure. Ce pauvre
vaisseau bondissait et roulait en se débattant dans
une sorte d'agonie convulsive. Il était emporté
comme une algue par l'ouragan qui l'aurait infail-

Documents manquants (pages, cahiers...)
NF Z 43-120-13

de la page 26 à 48

moi donc lequel d'entre vous autres consentirait à se laisser enlever sa paye samedi prochain, sous prétexte d'*égalité*, par l'un de ces fainéants qui attendent qu'une nouvelle révolution vienne faire d'eux des *sénateurs*, même inamovibles, ou quelque autre chose qui les élève au-dessus de leurs concitoyens?

— Ça n'empêche pas que si les gros richards dépensaient au pays l'argent qu'ils vont manger à Paris, les campagnards en seraient mieux.

— Je ne dis pas le contraire; mais aussi il faut avouer que, dans beaucoup d'endroits, on fait tout ce qu'il faut pour dégoûter les riches de vivre à la campagne; dès lors pourquoi se plaindrait-on de les voir aller là où ils trouvent du plaisir? Vous qui les blâmez, vous feriez probablement comme eux si vous étiez à leur place.

Cette petite leçon d'économie sociale fut compris par tous les ouvriers, à l'exception d'un seul, qui grommelait d'une manière si insolente, que Xariot crut devoir sur-le-champ lui donner congé, et chacun se remit tranquillement à l'ouvrage, en s'avouant intérieurement que le patron avait raison; car, au fond, l'ouvrier est généralement bon enfant. Il a du cœur et entend raison, pourvu que la boisson ne s'en mêle pas trop.

3

La maladresse d'un apprenti fournit encore plus tard à Vincent l'occasion de revenir sur cet article.

Le patron revenant de la chasse, avait appuyé son fusil sur un mur, auprès duquel on travaillait en ce moment. L'arme était chargée, et les chiens reposaient sur leurs capsules; or, un imprudent la prit dans ses mains, pour considérer de près la magnifique tête de sanglier dont la culasse était ornée. Notre curieux reposa ensuite le fusil sans précaution, ne se doutant pas qu'il pût y avoir quelque danger à redouter, dès lors que la batterie n'était pas mise en mouvement; mais, à l'instant même, les deux coups partirent à la fois, attendu que le choc des chiens contre la pierre avait suffi pour déterminer l'explosion du fulminate.

Il y eut alors, parmi ceux qui étaient présents, un mouvement de soubresaut, vu qu'on ne connaissait pas la cause de cette double détonation. A ce premier mouvement de surprise succéda immédiatement un grand éclat de rire, quand on vit que personne n'avait été blessé.

Le pauvre garçon maladroit parut tout confus de cette petite aventure, ce qui ajouta encore à l'hilarité générale; car sa mine piteuse lui donnait un air tout-à-fait comique.

Xariot en rit comme tous les autres, puis il

donna l'explication de l'affaire, après quoi il dit avec une certaine malice : Ce farceur-là veut nous faire de la philosophie à coups de fusil !

— Mais, patron, est-ce que je savais que ça pouvait partir comme cela ?

— Ah ! tu ne savais pas !... Ça n'empêche pas que tu aurais bien pu te tuer et nous autres avec toi.

Tenez, mes amis, c'est quelque chose comme cela qui eut lieu vers la fin du siècle dernier ; car les Girondins et consorts qui firent la Révolution, ne furent pour la plupart que des imprudents, qui ne pensaient nullement que quatre-vingt-neuf devait amener quatre-vingt-treize. On s'était avisé de pétrir la *liberté* et l'*égalité* avec de la *fraternité*, et il en résulta un produit qui ressemble un peu à celui qu'on obtient avec du *soufre*, du *salpêtre* et du *charbon*. Tout cela peut bien être utile en soi, pourvu qu'on ait soin de garder des proportions convenables ; mais, faute de précautions, la moindre étincelle jaillie d'un choc populaire peut déterminer une terrible explosion qui déchire le sol et le couvre de ruines, de feu et de sang.

————

CHAPITRE VII.

LES ADIEUX.

Vincent avait passé quarante-cinq ans de son existence sans avoir jamais éprouvé les rudes atteintes de l'adversité. Le bonheur, pour cet heureux mortel, semblait n'être qu'un fidèle compagnon de voyage. Pas le moindre accident sérieux n'était venu troubler cette vie qui s'écoulait, depuis sa vingt-et-unième année, au milieu des douceurs d'une opulence exempte des assujettissements du faste ; mais les jours d'épreuves arrivèrent enfin. Xariot perdit sa vertueuse épouse, que la mort lui ravit après trois mois et demi de maladie. Ce coup inattendu produisit les plus funestes effets sur cet homme, dont les seuls chagrins avaient été causés, dans sa première jeunesse, par la mort de ses parents.

Ce fut en vain que ses enfants lui prodiguèrent les témoignages d'une tendresse respectueuse.

Il tomba bientôt malade lui-même.

Sa robuste constitution résista longtemps aux effets de la souffrance physique et morale qui l'assaillaient. Il y eut même, à diverses reprises, des symptômes d'un mieux réel; mais ses forces finirent par trahir toutes les espérances que les médecins avaient pu concevoir. Le malade lui-même ne se faisait pas d'illusion sur la gravité de son état. Il comprit bientôt que le terme fatal ne pouvait plus tarder beaucoup.

Ses regards se reportèrent alors vers ce passé qui s'était évanoui comme un songe.

C'était comme une photographie où se trouvaient rassemblés les divers incidents de sa vie, et ces événements contemporains qui doivent devenir la propriété de l'histoire. Or, tout cela lui paraissait alors si peu de chose qu'il avait peine à s'expliquer comment il se trouve des hommes assez insensés pour sacrifier leur éternité aux frivoles appréciations d'un jour. Il se rappelait pourtant cette multiplicité de faits auxquels il s'était trouvé mêlé, et qui lui avaient prouvé que même la crainte de la mort, a moins d'empire sur la plupart des hommes que cette puissance tyrannique et si souvent déraisonnable qu'on appelle l'*opinion publique*. Une parole de dédain, se disait-il, est bien peu de chose en soi, et cependant c'est pour s'en venger que les duellistes vont exposer leur vie, en dépit des lois divines et humaines; de sorte que, dans bien des cas, il y a plus d'héroïsme à ne pas craindre d'affronter des blâmes injustes, ou de stupides préjugés, devenus comme une sorte de monnaie courante dans la société, qu'à courir les chances d'un combat sur les champs de bataille.

Xariot était occupé à repasser toutes ces choses dans son esprit, lorsque des symptômes précurseurs de l'agonie vinrent l'arracher à cette sorte de rêverie, qui est peut-être la plus agréable de toutes, puisqu'elle peut si puissamment contribuer à détacher le cœur des futilités d'ici-bas.

Il fit alors venir ses enfants autour de son lit et leur adressa, d'une voix profondément émue, quelques-unes de ces paroles qui ne s'oublient jamais. Il rappela les dernières et pieuses recommandations de leur mère, et termina en donnant, lui aussi, rendez-vous au Ciel.

Le malade se disposa ensuite à recevoir les derniers sacrements, qui lui furent administrés quelques instants après.

Il passa le reste de la journée à s'entretenir avec son Dieu, et rendit l'âme le lendemain matin, après une agonie qui dura toute la nuit, en présence de sa famille dont les sanglots ne purent interrompre l'acte d'adoration du malade, dont les yeux mourants s'ouvraient, par intervalle, pour contempler un grand tableau représentant, d'une manière saisissante, *Notre-Dame de Lourdes* apparaissant au milieu de cet ensemble de circonstances miraculeuses et de prodiges tels, que le surnaturel qui en déborde pour ainsi dire, ferait disparaître en France jusqu'au dernier vestige du scepticisme, si les miracles les plus éclatants ne produisaient pas, parfois, l'effet d'une trop vive lumière sur des yeux malades.

TABLE

Nantes, imp. BOURGEOIS, rue Saint-Clément, 57.

www.ingramcontent.com/pod-product-compliance
Lightning Source LLC
Chambersburg PA
CBHW060900180626
46818CB00004B/1803